やがて今も忘れ去られる

銀色夏生

角川文庫 I4474

JN285434

好きと言ったのだから
それ以上になにが
それ以外になにが

「夜の砂浜に」

夜の砂浜に
はらばいになって寝ころんで
波の音と
君の話す声を聞く

いつまでも
いつまでも
話していて
ください

そうしたら
僕は
やすらかに
眠れそう

うだるような昼間の暑さに疲れた体に
星明かりがしみる
くたくたになって働いて疲れた体に
ささやく声がしみる

せめて手を
手をかして
夜の闇にまぎれて
君を抱きよせるから
いいね

同じこと思ってたの
先に言われちゃった

好き嫌いも
解釈も
どんな感情表現も
結局は自分自身をあらわしているのだから
好きなものを
好きと言うたびに
そこまでの距離を思い知らされるばかりで
孤独感はつのる

どうせ夢なのだから
どうして夢を
夢のままで終わらせてはくれなかったの

その人はどんなひと？
しずか？
おちついている？
こわいことをいわない？
わかりやすく　教えてよ

繰りかえす
質問と答え
繰りかえす
質問と答え
こころは　笑いたい気持ち

ごめんなさい。
私は、
自分の孤独さから、
あなたを求めました。
愛ではなく。

愛されないことは
悲しくないよ
愛されないことは
ただ　退屈なだけ

長い旅も終わり
僕はまたひとり

なんでもそうだけど
悪くとる人もいれば
よくとる人もいる

悪くとられるのはしかたないけど
せめて
身のまわりには
よくとる人がいてほしい

はなればなれがそんなにいやだったら
手をつないでたら

なにをするにも
あの人はとても
さめていた
いやになるほど

けどね
さめた人が好きなのよ
好きだから
だれにさとされても
しょうがないの
どんなに
ダメな人だって
好きだから
しょうがないのよ

私が好きになったのだから

「これは全部」

すれ違う時　君が答えて
帰りは一緒
暗号みたいな短い言葉で
毎日がまわる

週末は交代で
行き先を決める
どの色の花にするか
迷う君

誰にもいえなかった
わがままを
言ってごらん

月夜の道と
南の島
どちらも夜風は
つめたくて
いい匂い

こわいのは
見えない明日

このまま進んだら
どうなるだろう

これは全部　現実
夢のような現実

あの子が怒るなんて
よっぽどのことだったんだね

もうすこしで
たのしい時間が
終わってしまう

残された僕は
雪明かりの中で
どんな顔して
泣くのかな

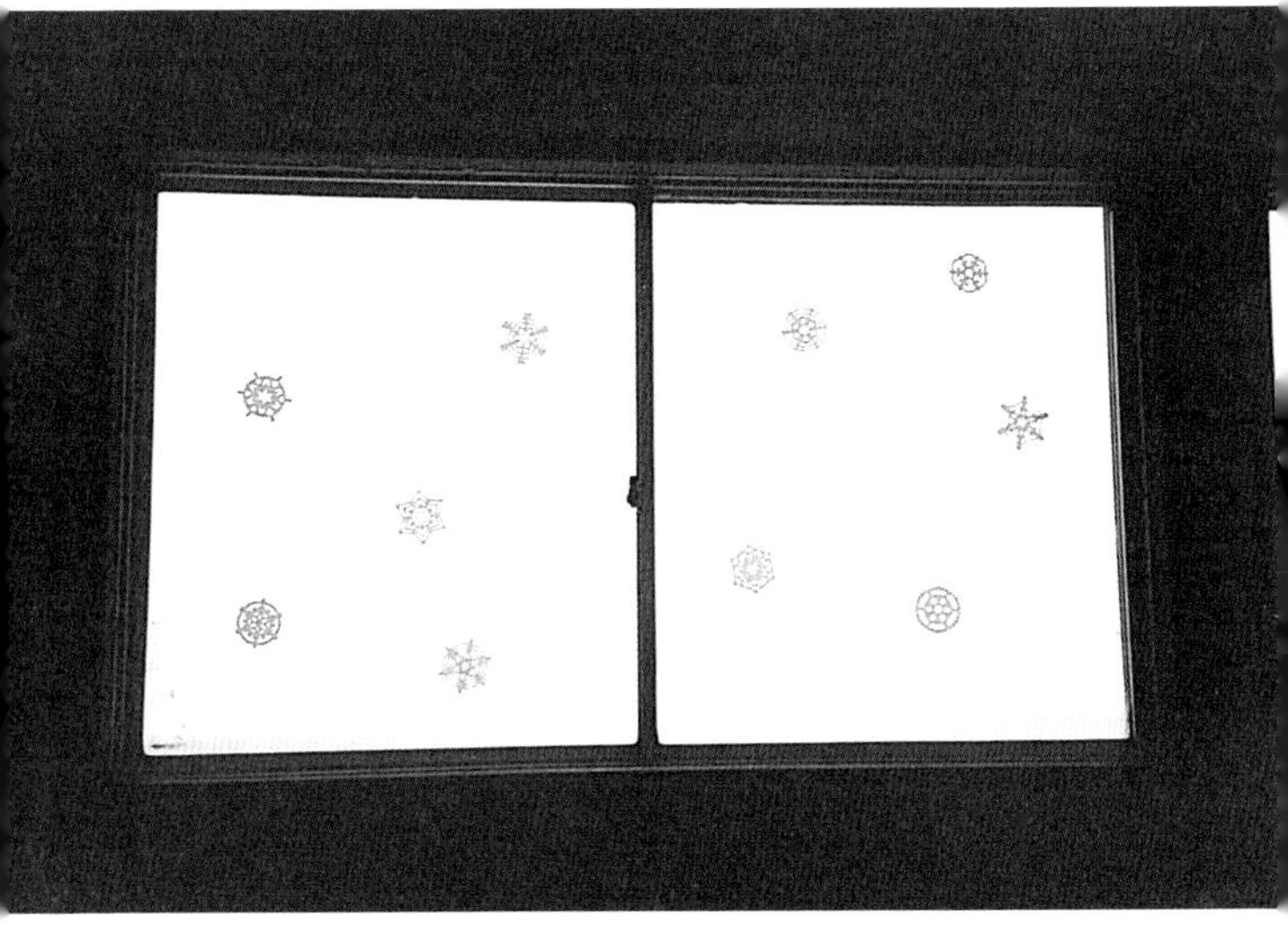

そう簡単なものじゃないでしょう
恋なんて
とても馬鹿にはできないよ
あなたも僕も
苦しい思いをしているくせに

悪い冗談を言える人は
当事者ではないんだよ

海の中のつめたい流れ
水の中のかなしい感じ

あなたの気の強さに
いくども腹を立てたけど
その気の強さに
いくども助けられたのだろう

あなたがもし気弱だったら
その方が
胸は痛かったはず

たった今
すごくいいこと
思いついた

わかりにくければ
わかりにくいほど
ピンポイントでヒットする
そんな願いをこめて
君に愛を送る

きれいだけど
なんにもできないひとだ
きれいだけど
すごくダメなひとなんだ
だから我慢してくれないか

欲望は
入れ子式になっている

「冬休みはふたり」

思いきって
苦手なことをやってみない？
それをひとつのきっかけにして
つきぬけようよ

夏休みはふたり
へいにすわって
ぶらぶらぶらと足をさせたね

冬休みはふたり
どこかへでかけよう
広い野原の枯れ草の上で
夢をみようよ

「夕空」

なにかのことを考えながら
自転車をこいでいた時
いちどだけ見上げた空に
とても美しい雲を見た
輝く白い雲を見た

この夕空の薄紙を
四角くはいで
手紙を書こう

元気ですかと
手紙を書こう

忘れた頃に
やってくるんだね

言い残したことが
もうなくなってしまったの
だから
もう　かなしく　くやしいけれど
あなたに会いにいけないわ

「生きるということ」

私たちは　なぜ　生まれたのだろう
私たちは　なぜ　ここにいるのだろう

生きることは　時に悲しく
生きることは　時にむなしく
生きることは　時にきびしく
生きることは　時に苦しい

けれど
生きていなければ
のぼる朝日をみられない
しずむ夕日をみられない
はげしい雨も　すずしい風も
まっ白な雲も　みられない

「ありがとう」

いろいろなことがあったけど
今　あなたをまえにして
思いうかぶのは
ひとつだけ

ありがとう

涙のあとの笑顔も
友だちのやさしさも
つらかった時のはげましも
うれしかったこともみんな
生きているからわかったこと

今はまだ知らない　たくさんのことを知りたい
今はまだ知らない　たくさんの愛を知りたい
今はまだできない　たくさんのことをしたい
今はまだできない　たくさんの愛をあげたい

だから
私たちは生きよう
だから　私たちは生きよう

今日も明日も　生きていこう
ずっとずっと　生きていこう

いろいろなことがあったから
心配ばかりかけたから
どんな言葉も
たりません

ありがとう

まだこれからが続くから
見ていてください
いつまでも
そして　そして
いつまでも
お元気でいてくださいね

こころをこめて
ありがとう

「卒業」

桜の季節になりました
別れの季節になりました

私たちは　進みます
背をのばし　顔をあげ
まだ見ぬ未来へ進みます
希望と不安の　その中へ

桜の季節になりました
別れの季節になりました

私たちは　進みます
あなたの愛を背にうけて
ふりかえらずに進みます
あなたに愛を返すため

桜の季節になりました
別れの季節になりました

私たちは　進みます
涙を夢に変えながら
今の自分で進みます
今の自分で進みます

強い感情が
僕を襲った
強い感情の砂嵐にとりかこまれた
砂嵐が
僕をかこんだ
砂嵐は僕をかこんだ
だんだん僕はけずられて
鉛筆みたいにけずられて
小さくなって　なくなった

砂嵐は
花束のように甘く僕を抱きしめといて
解き放つ

抱きしめられた感触だけが
今では僕のすべて

「苦しい気持ち」

苦しい気持ちになった時
ここへきますね
あの時　私が無知だったこと
私が選びとったものが私を苦しめたこと
そして　苦しみの原因が何だかわかったこと
わかったら　苦しくなくなったこと
わかったら　これからの対処の仕方がわかったこと
あの苦しみが物事をクリアにしてくれたこと
離れるべき人たちがあきらかになったこと
自分の不自然な言動の理由
間違いだったとわかった憧《あこが》れ
間違いだとわかったあれこれ

考えたからクリアになり
階段を一歩上ったように
苦しかったことを
のぞきこめるようになった
それで今は苦しくはありません
この気持ちが揺れて
苦しくなったら
またきます

どのひとこともあなたらしく
あなたらしさを残したままで
あなたはここから飛び去った

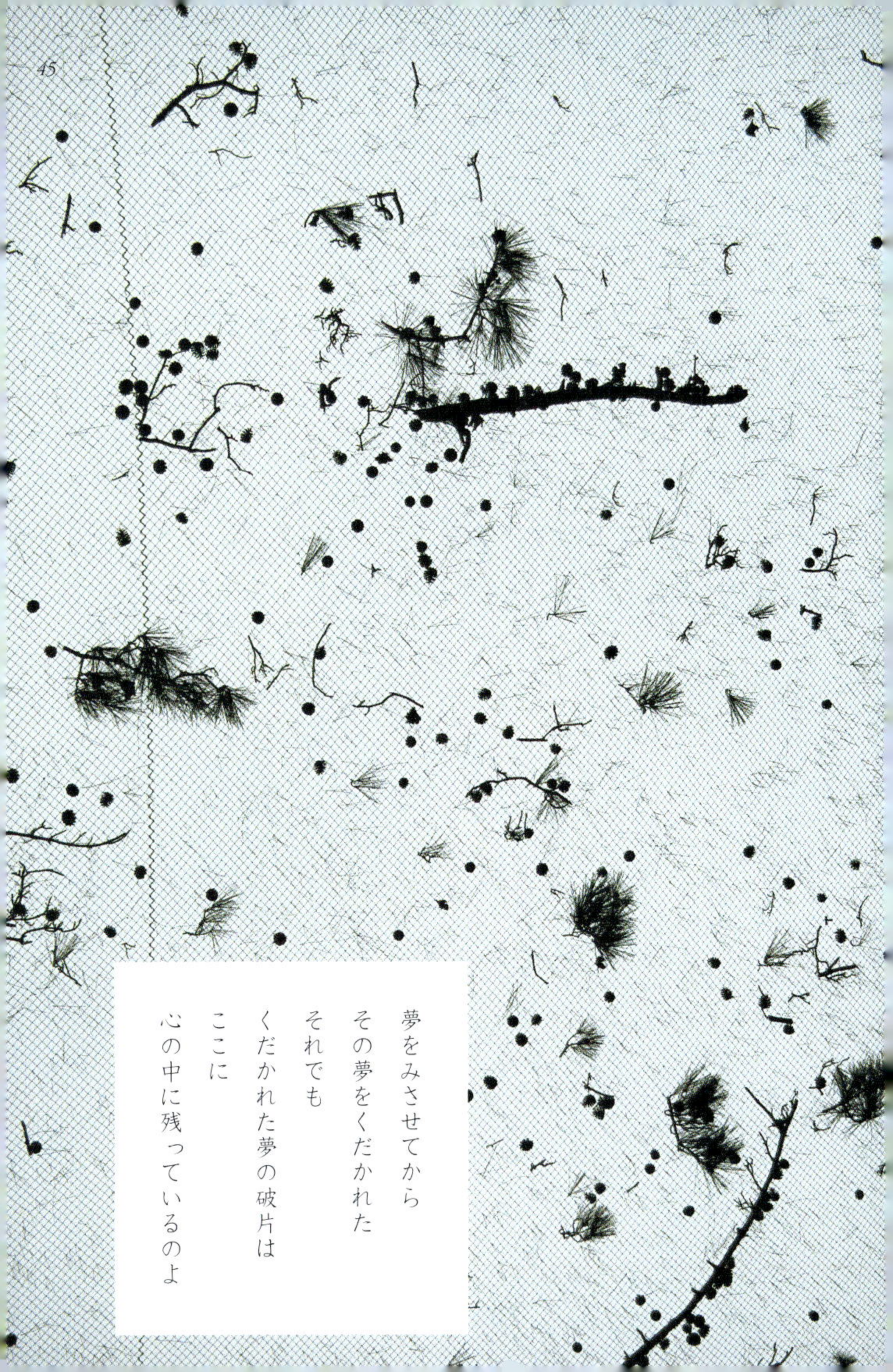

夢をみさせてから
その夢をくだかれた
それでも
くだかれた夢の破片は
ここに
心の中に残っているのよ

私にとってまっすぐに見える道が
ある人から見たらジグザグかもしれない

動きの速い人から見たら
動きの遅い人はバックしているように見えるだろう

近づいて遠ざかった人は
実は立ち止まっていただけで
私が移動しただけかもしれない

人にはそれぞれのスピードと軌跡があり
そんなことを思うと
人のこと　わかったようなこと
いえないよね

時には命令されて
従うのも悪くない

孤独感と引き換えに
手に入れたものは何だろう
ひとりではなくなったけど
もう
ふたりでもなくなった

あの人は
親しくなってる途中でも
ときどき他人行儀になるんだよ

その時の立場によって
絶えず関係を変えるんだよ
そこがいいと思ったんだ

「進む部屋」

その時私は、何かが動く気配にふりかえった。
そこにはただ薄暗い部屋があるだけだった。
それでも私は不思議に思い、何度も何度もふりかえると、
すこしずつそれぞれの家具の位置がずれているのに気がついた。
じりじりと動いている。
どこへ？
部屋ごと私を乗せた船は、闇の中を進んでいる。
窓の外は、漆黒の闇だ。星が見えるだけの。
そして動く家具と私は、何もわからずに、何かがおこるのを待ち続けている。

あまりにも好きで
その気持ちを
持ちこたえるのがつらかった

あまりにも好きだと
何も望めないんだね

あまりにも好きで
いっそ嫌いになりたかった
知らないままでいたかった

知らない頃には
もどれないけど

ずっと好きで
今も好きで

この好きは
何も望まないから
たぶん強く
守られる

僕らは絶対変わらない
僕らは絶対別れないと
言いきる言葉の強さの悲しさ

角川書店　〒102-8177 東京都千代田区富士見2-13-3　tel.03(3238)8521[営]　振替00130-9-195208

作品集

【文庫】

やがて今も忘れ去られる

うらない

ものを作るということ

タトゥーへの旅

女っておもしろい

メール交換

庭ができました

川の向こう　つれづれノート⑭

詩集　すみわたる夜空のような

保育園に絵をかいた

イサクのジョーク

庭を森のようにしたい　つれづれノート⑬

雨は見ている　川は知ってる

家ができました

引っ越しと、いぬ　つれづれノート⑫

ぶつかり体験記

どんぐり　いちご　くり　夕焼け　つれづれノート⑪

ケアンズ旅行記

いやいやプリン

バイバイ　またね

島、登場。つれづれノート⑩

つりわベイビイズ

そしてまた　波音

バリ&モルジブ旅行記

世ノ介先生
散歩とおやつ つれづれノート⑧
POST CARD ――木と植物――
かわいいものの本
気分よく流れる つれづれノート⑦
詩集 散リユク夕べ
好きなままで長く
バラ色の雲 つれづれノート⑥
岩場のこぶた
君はおりこう みんな知らないけど
さようならバナナ酒 つれづれノート⑤
遠い島々、海とサボテン つれづれノート④
おでこちゃん
泡とそよ風
毎日はシャボン玉 つれづれノート③
流星の人
詩集 小さな手紙
つれづれノート②
外国風景
ナルシス ナルくん
春の野原 満天の星の下
四コママンガ
宵待歩行
Pin・up ピンナップ〈花〉
つれづれノート
こんなに長い幸福の不在

Balance
POST CARD
詩集 ロマンス
このワガママな僕たちを
君のそばで会おう
あの空は夏の中
波間のこぶた
Go Go Heavenの勇気
LESSON
わかりやすい恋
これもすべて同じ一日

【単行本】
自選詩集 丘をバラ色に染めながら
宵待歩行（愛蔵版）
ONLY PLACE WE CAN CRY
悲しがる君の瞳
微笑みながら消えていく

【ミニ文庫】
花咲くこぶた
風の強い日に考えたこと

銀色夏生
の
本
角川文庫

夕方の空めがけ
退屈で
やなことだらけの毎日だけど
夕方の空を見て
ふっと心に風が吹く時
ほんの一瞬だけ僕は
どこかとつながってるって思うんだ

確かに僕はつながってるって
どこかはるかな
なつかしい場所と

たとえば恋に落ちた時のように
夢のような気分になって
食欲もなくして
浮かんでるみたいに暮らしたい

暮らせてる?
暮らしてるよね
君は今

だって
恋してるからね

僕も恋をしてるけど
それはひそかなものだから
浮かぶようなものじゃなく
沈むようなものなんだ

MALDIVES
MORAY EEL

窓のむこうを何かが今
横切ったような気がした
私はいつも遠くを見ていた
あまりにも遠くを見すぎている
それに気づいて
まわりをみわたした時
籠《かご》からこぼれた果物や
きれいに刈り込まれた庭の木々
そこから勢いよく飛びだしたみどりの芽
とびとびに置かれた敷石が目にはいり
床に落ちた紙くずや折れた鉛筆の芯《しん》さえ
そんなこまごまとしたものがそれぞれの場所でひっそりと息づいている
この現実世界への愛情が
急速にわきおこってきた
これらを愛そう
これらこそを

「よく晴れていた秋の日」

よく晴れていた日に
焼けた小麦色の顔

秋じゅうの夢をあつめて
雲のように空に
ちぎって並べよう

僕は8月
君は7月

君は
淡雪のようにきれい

僕は6月
君は5月

いろんなひとから
すこしずつ
翻弄《ほんろう》されて
生きている

僕は3月
君は9月

そんなことからも
離れよう

僕は10月
君は2月

笑ったままで
別れよう

大丈夫
恐れないで
解決できないことはない

たとえ破《は》綻《たん》しても
思いがけない結末でも
どうにかは　なっていく
時間はすぎて
どんどんすぎて
どれもがどうにかなっていき
やがてそれも忘れ去られる

やがて今も　忘れ去られる

夢はかなうと励まされて
肩口をぐっとつかまれて
だまされだまされここまで来たけど
ちっともかなってないけど　どうして？
こんなんだったらあっちの方がよかったな

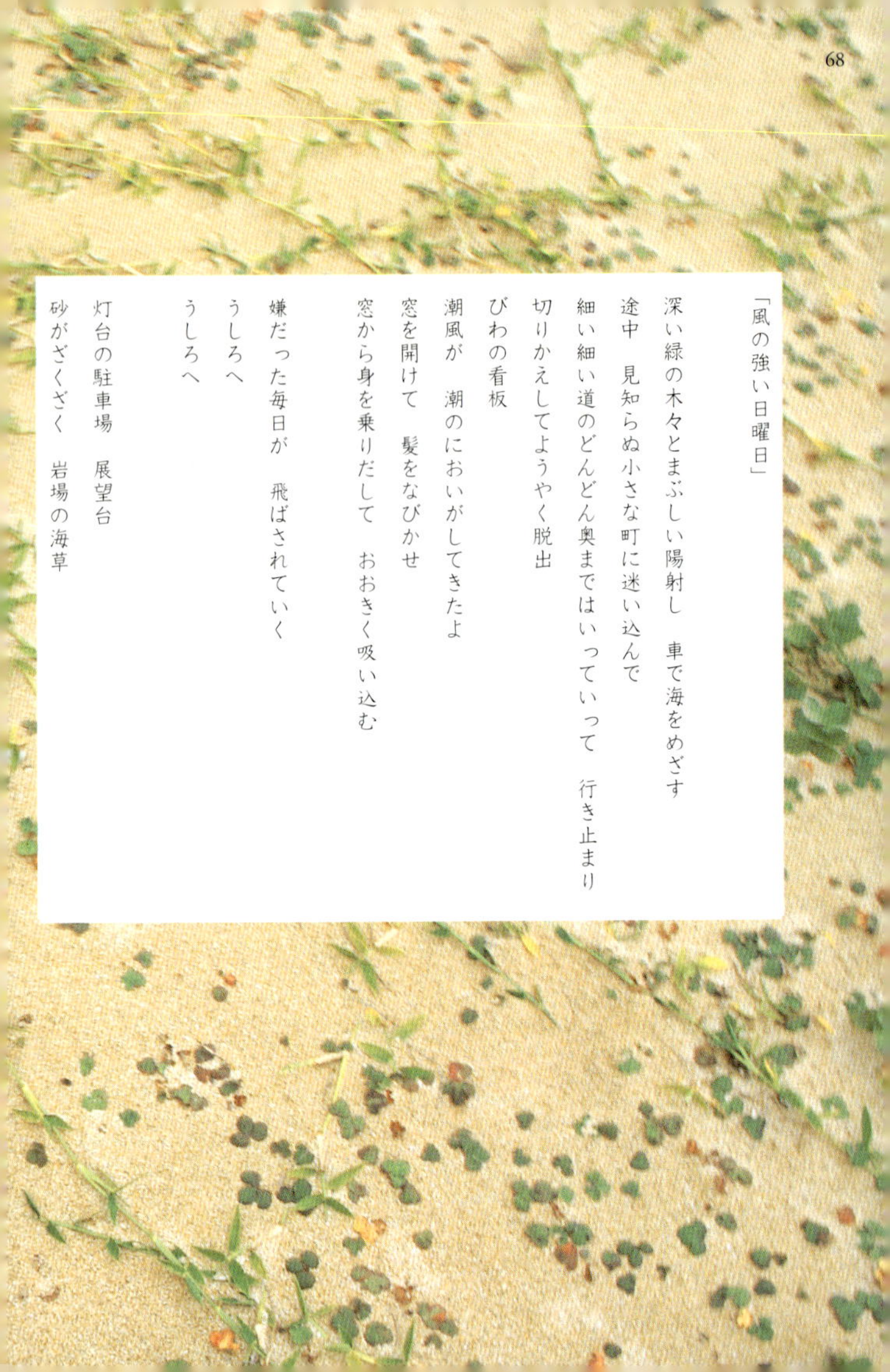

「風の強い日曜日」

深い緑の木々とまぶしい陽射し　車で海をめざす
途中　見知らぬ小さな町に迷い込んで
細い細い道のどんどん奥まではいっていって　行き止まり
切りかえしてようやく脱出
びわの看板
潮風が　潮のにおいがしてきたよ
窓を開けて　髪をなびかせ
窓から身を乗りだして　おおきく吸い込む

嫌だった毎日が　飛ばされていく
うしろへ
うしろへ

灯台の駐車場　展望台
砂がざくざく　岩場の海草

岩の上をどこまでも進む　ひゅーっと風が吹く
おっとあぶない
腰をおろし
しばらく遠くの船を眺める
水平線は海と空の境目　よく見ると白い線に見える

潮風でからだじゅうべたべただよ
目をつぶると　ブランコが見える
海にむかってこぐ公園のブランコ
またあそこにいきたいなあ
思い出の中で止まっている

空は青く　もうすぐ夕方
嫌だった毎日が
吸い込まれていく
上へ
上へ

私たちは
幾重にも重なった透明な檻《おり》にはいっているみたいだ

その檻は「自分の偏った見方」でできている
その檻は　偏った見方に気づいた時に消える

いったい幾重の檻の中にはいっているんだろう
どこまで自由になれるのだろう

その自由を想像すると恐ろしい
なぜならあまりに自由だから

危ない綱わたりをしているという自覚はあるの？
どの瞬間に見きわめて次の行動を決めているの？
手がかりになるものがないのに
まるでとらえそこねているのに

73

あの人が僕を
好きだったらどんなにかいいだろう

こんなふうに車を
パーキングにいれながら

うしろをむいて
思うことも
違うだろうな

すんなりとはいかないわ
いかせない
油断したのでしょう

「未踏の国」

雨つぶが落ちて顔にあたった。
それはぱっと砕け、アメ玉のように散らばった。

僕たちの夢は終わったのだろうか。
僕たちの夢は何だったのだろう。

ひと足ごとに、散らばる雨が道をつくっていく。
うすく光るその道は未踏の国へつづく。

天使か何か、甘い気配が僕らを包む。
いつも別のドアから、僕らを誘う。

いつもいつも
僕らを誘うのは
別のドアなのだ。

あなたを思うと
力がでるよ
だからいつもここって時には
あなたに力をもらっているの

あなたを思うと
なみだがでるよ
だからいつも悲しい時には
あなたのことを思い出さないようにするの

「観覧車の中の告白」

私が10数えるから
そのあいだ　目をつぶっていてね

私が数え終わると
あなたの前に見えるものがあるでしょう

「私が10数えるから」と彼女が言いだした時
言いだす彼女は街あかりの中だった
僕は逃げだしたかったが恐ろしくこわかった

あまりの恐怖に
きっとたぶんどんなことでも受け入れてしまうだろう

観覧車の中だし

最初の頃の
やさしさは
どこへ行って
しまったの？
もうどこにも
見えないけれど
かくしてるの？
消えてしまったの？
ちぢんじゃったの？
すごく
豆つぶ
くらいに？

笑っても
いい？

「どうしてあなたはそんなに真剣なの？
ばかみたい」
「その方が、おもしろいから」

そう、間違ったサービス精神
誰もよろこばず
自分でも首をかしげてる

君をただひとり　この悲しい世界に
取り残されたような気持ちにさせないために

人々が
例えば
赤信号でいっせいに止まったところなど
感動的だ

ここまでの道のりを思う

そうだったの
私と
別れたかったのね

だから
あの日も
あの日も
忙しかったのね

あの時も
あの時も
不機嫌だったのね

そうだったの
そうだったんだ

はやく言ってくれたら
よかったのに

ああ　あなた
笑いだしそう
怒りだしそう
どっちへもいけそう

この沈黙
その余白
おそろしいほどの内圧

ああ　あなた
どっちなの

なんでもしてあげたいけど
なんにもさせてくれなさそう

質問にはとどく深さがある

それに
それが
とても

君の弱さ　僕の弱さ
忘れがたい　闇の深さ
君の弱さ　僕の弱さ
忘れがたい　波の高さ

ほんとにね
こんなふうに
たいして好きでもないのに　好きなつもりになったりするの
よくないよね
だんだん相手がその気になってきて
抜き差しならなくなる
その一瞬の感じだけが
好きなんて

そういう感情的な、
確信めいた思いこみがあてになんないってことオレ、
痛いほど知ってるから。
もう人の中に夢を見たり、
期待するのはやめたんだ。

「こんな話、おもしろくないでしょ」
「いいから、続けて」

同じ言葉を　違う意味に　聞こえさせたい
同じ言葉を　違う意味に

「夢を見た」
明晰《めいせき》な夢だった
あの人の背中にまわした私の腕が
しっかりと覚えていた

そう
この感じ
かかえこむ感触
目をつぶって
もう一度　思い出す
何度でも　思い出せる

ひさしぶりだったね
なつかしく安堵《あんど》する
いままでどこに行っていたの

長い旅行に出てただけ
みたいだった
また今から続く
みたいだった

君のこと深く知るのは邪魔なだけ
君のこと　いろいろ知っちゃったら
それはめんどうな出来事をあとに続かせてしまう

お願いだから
ちょっとだけ目をつぶって
よけいなこと考えないで

ちょっとだけ目をつぶって
おしゃべりはやめよう

「森からの道」

森からの道
閉ざされて
白い霧が
包んだの

こころの中に
いる小鳥

私からは
話さないわ
なにも

緑色の地面が
飛んで

うしろへ
流れてゆく

小鳥が
白い霧を
つきぬけたわ
つかみきれずに
つきぬけたの
つかめずによかったわ

怖いものはいつも
外側にはないとわかってる
怖いものはいつも
それを怖がる私の心だった

僕は口が堅いよ
人が悪いほどね

「君を見つけた」

どんなに無力だったか
劣等感に苛《さいな》まされた時も
誰にも言えず　ただ笑って
見えない涙を流していた

賑《にぎ》やかな町と人々の谷間
明日の約束も交せないほど
夕闇に追われて
時間のレールをたどり
疲れ果て　閉じる瞼《まぶた》に
か細い月が揺れた

どんなに無力だったか
うらやましがられても
苦しくても　笑って
長いこと

でも　もう大丈夫
君を見つけた

今
目の前に
君を見つけた

あなたとどこかへ行きたいけど
そのことを誰か　ゆるさない？

君の中の無自覚は
僕の
とどかない憧《あこが》れ

やがて今《いま》も忘《わす》れ去《さ》られる

銀色夏生《ぎんいろなつを》

角川文庫 14474

平成十八年十一月二十五日　初版発行

発行者――井上伸一郎
発行所――株式会社角川書店
東京都千代田区富士見二―十三―三
電話　編集(〇三)三二三八―八五五五
　　　営業(〇三)三二三八―八五二一
〒一〇二―八一七七
振替〇〇一三〇―九―一九五二〇八
印刷所――暁印刷　製本所――BBC
装幀者――杉浦康平

き 9-62　ISBN4-04-167360-7　C0195

角川文庫発刊に際して

角川源義

第二次世界大戦の敗北は、軍事力の敗北であった以上に、私たちの若い文化力の敗退であった。私たちの文化が戦争に対して如何に無力であり、単なるあだ花に過ぎなかったかを、私たちは身を以て体験し痛感した。西洋近代文化の摂取にとって、明治以後八十年の歳月は決して短かすぎたとは言えない。にもかかわらず、近代文化の伝統を確立し、自由な批判と柔軟な良識に富む文化層として自らを形成することに私たちは失敗して来た。そしてこれは、各層への文化の普及滲透を任務とする出版人の責任でもあった。

一九四五年以来、私たちは再び振出しに戻り、第一歩から踏み出すことを余儀なくされた。これは大きな不幸ではあるが、反面、これまでの混沌・未熟・歪曲の中にあった我が国の文化に秩序と確たる基礎を齎らすためには絶好の機会でもある。角川書店は、このような祖国の文化的危機にあたり、微力をも顧みず再建の礎石たるべき抱負と決意とをもって出発したが、ここに創立以来の念願を果すべく角川文庫を発刊する。これまで刊行されたあらゆる全集叢書文庫類の長所と短所とを検討し、古今東西の不朽の典籍を、良心的編集のもとに、廉価に、そして書架にふさわしい美本として、多くのひとびとに提供しようとする。しかし私たちは徒らに百科全書的な知識のジレッタントを作ることを目的とせず、あくまで祖国の文化に秩序と再建への道を示し、この文庫を角川書店の栄ある事業として、今後永久に継続発展せしめ、学芸と教養との殿堂として大成せんことを期したい。多くの読書子の愛情ある忠言と支持とによって、この希望と抱負とを完遂せしめられんことを願う。

一九四九年五月三日